U0552819

科 塔 萨 尔 作 品 系 列

会 合

〔阿根廷〕胡利奥·科塔萨尔 著

〔阿根廷〕恩里克·布雷恰 绘

范晔 译

人民文学出版社

PEOPLE'S LITERATURE PUBLISHING HOUSE

著作权合同登记号　图字 01-2020-7438

REUNIÓN(from TODOS LOS FUEGOS EL FUEGO):
© HEIRS OF JULIO CORTÁZAR, 1966.

图书在版编目（CIP）数据

会合／（阿根廷）胡利奥·科塔萨尔著；（阿根廷）
恩里克·布雷恰绘；范晔译. -- 北京：人民文学出版
社，2021
　（科塔萨尔作品系列）
　ISBN 978-7-02-016020-4

　Ⅰ. ①会… Ⅱ. ①胡… ②恩… ③范… Ⅲ. ①短篇小
说－阿根廷－现代 Ⅳ. ① I783.45

中国版本图书馆 CIP 数据核字（2020）第 000946 号

责任编辑　**朱卫净　胡晓明**
装帧设计　**钱　珺**

出版发行　**人民文学出版社**
社　　址　**北京市朝内大街166号**
邮政编码　**100705**
网　　址　**http://www.rw-cn.com**

印　　刷　**上海盛通时代印刷有限公司**
经　　销　**全国新华书店等**

字　　数　**20千字**
开　　本　**787mm×1092mm　1/32**
印　　张　**1.375**
版　　次　**2021年5月北京第1版**
印　　次　**2021年5月第1次印刷**

书　　号　**978-7-02-016020-4**
定　　价　**39.00元**

如有印装质量问题，请与本社图书销售中心调换。电话：010-65233595

我想起杰克·伦敦的一个老故事，
主人公靠在一棵树上，
准备有尊严地结束自己的生命。

——埃尔内斯托·切·格瓦拉
《山岭与平原》，哈瓦那，1961 年

情况糟得不能再糟。不过我们至少不用再坐那该死的破船，不用再忍受呕吐、风吹浪打、受潮的饼干渣、机枪和唾沫，大家都有点恶心不已。唯一值得庆幸的是还剩下一点儿干燥的烟叶，这全靠路易斯（他不叫路易斯，但我们都发誓忘掉他以前的名字，直到那一天到来）的好主意，把烟叶封在一个铁皮盒子里。我们打开盒子的时候小心至极，仿佛那里面装满了蝎子似的。在那倒霉的船上可没法抽烟，更别提来口朗姆酒了。船像只喝醉的海龟似的摇摆了五天，在北风无情的折磨下奋力抗争。海水一浪接一浪，我们不停地向外舀水，手磨破了，我那见鬼的哮喘也犯了，一半的人都生了病，弯着腰吐个没完，像是就要从中间折断。到第二天夜里，在吐出绿色的胆汁后，连路易斯也笑不出来了，再加上向北一直看不见克鲁斯岬的灯塔，我们陷入了一场超出所有人预计的灾难；如果这也能称为一次远征，真能让人难过得继续呕吐下去。总之，只要能摆脱那艘船就好，不管在陆地上等待我们的是什么——但我们早就知道是什么，所以无所谓，哪怕是挑选了最糟的时刻，哪怕是侦察机嗖嗖地飞过却拿它毫无办法，甚至跋涉在沼泽里（或者是别的什么鬼地方，反正水直没到肋骨），在红树林间泥泞的草木丛中寻找掩护，而我像个傻瓜似的靠着肾上

腺素喷雾器才能前进，罗伯特帮忙扛着斯普林菲尔德步枪，减轻我在沼泽中跋涉的负担（假如这真是沼泽的话，因为我们很多人都觉得或许我们已经搞错了方向，登上的不是陆地而是距古巴岛二十海里外的一个烂泥礁……）。就这样，心里疑惑，嘴上更悲观，从思维到行动一直乱作一团，无法解释的愉悦和怒气混在一起：愤怒是冲着那些飞机强加给我们的苦日子，在公路另一边等待我们的埋伏，前提是我们真能到达。我们真是在海岸的沼泽里，而

ENRIQUE BRECCIA

不是像傻子一样在泥巴的马戏场里转圈，一败涂地，成为那只"狒狒"[1]在他王宫里的笑料。

没有人知道过了多久。我们靠丛林间的空地、经过时会被打成筛子的路段来计算时间。我听见左面传来一声惨叫，很远，我猜是罗格（现在我可以说出他的名字，面对他长眠在藤本植物和蟾蜍之间的可怜骨骸）。如今预定的计划里只剩下最后的目的地，到达山区和路易斯会合，如果他也能赶到的话；其余部分都随着北风、匆忙登陆以及沼泽一道灰飞烟灭。不过我们应该公正地评判，有些事情正在同步完成：敌机的追杀。这在计划之中，甚至有意促成，果然如愿以偿。因此，虽然罗格的哀号还冲击在耳畔，凭着自己恶意地理解世界的方式，我还能笑一笑（这下愈发喘不过气来，罗伯特接过斯普林菲尔德步枪，让我能腾出手来嗅吸肾上腺素，由于几乎是擦着水面，我吸进去更多的是泥浆），

1　指巴蒂斯塔（Fulgencio Batista，1901—1973），古巴独裁者，1959年卡斯特罗领导的革命成功后，被迫下台流亡。

ENRIQUE · BRECCIA

因为如果敌机在这里就说明我们没搞错海滩，顶多偏差了几海里，但公路一定就在丛林后面，再往后是一马平川，北面便是最近的山丘。很可笑，是敌人在空中为我们确认了登陆的方位。

天知道过了多久，入夜的时候我们六个人来到几棵瘦削的树下，第一次踏上近乎干燥的地面，嚼着潮湿的烟叶和几片糟糕的饼干。路易斯，巴勃罗，卢卡斯，都没有消息；失散了，也许死了，起码是和我们一样迷了路，浑身湿透。但让我高兴的是，在这场海陆兼程的旅途终点，自己的一些想法渐渐清晰起来；而死亡，从未如此真实，不再是密林深沼中一颗偶然的子弹，而是一种突如其来的辩证运动，源自天衣无缝的精心筹划。军队应该已经控制了公路，将沼泽重重包围，等待目标三三两两地出现，而我们已经被污泥、害虫和饥饿折磨得精疲力竭。现在一切都再明白不过，对方位也了如指掌，我觉得很可笑，在临近尾声的时候自己竟然这么活跃，这么清醒。对我来说最好玩的是在罗伯特耳边念几句"老班丘"[1]的诗，逗他发火，他最烦这个。

"希望至少能从泥巴里钻出来。""中尉"抱怨着。

"或者能抽上真正的烟。"（某人说道，还在更左边，我不知道是谁，他在天亮的时候不见了。）垂死前的布置：安排哨兵，轮流睡觉，嚼烟叶，吮吸着像海绵般膨胀的饼干。没人提到路易斯，害怕他被杀的恐惧是我们唯一真正的敌人，比起围追堵截、武器的匮乏或脚上的溃烂，他的死讯一旦证实那才是致命的打击。我知道自己在罗伯特守夜的时候睡了一会儿，但那之前我在想，猝然间接受路易斯被杀的可能性将使得这些天里我们所做的一切变得无比荒唐。这种荒唐还要以某种形式进行到底，或许会迎来最终的胜利。这场荒唐的游戏甚至离谱到事先向敌人预告了我们的登陆，却从未考虑过失去路易斯的可能。我记得自己还想到如果我们胜利了，我们成功地又一次与路易斯会合，到了那时候游戏

---

1 指乌拉圭诗人何塞·阿隆索·伊·特雷列斯（José Alonso y Trelles, 1857—1924），以创作高乔题材诗歌闻名。

ENRIQUE · BRECCIA

才真正开始，这场必需的、放纵而危险的浪漫主义行动才得以救赎。入睡之前我眼前仿佛有异象浮现：路易斯倚在一棵树旁，被我们所有人围着，双手缓缓地伸向自己的脸，像揭下一张面具似的撕了下来，他用手捧着脸，走近他的弟弟巴勃罗、我、"中尉"、罗格，表情像是要我们收下，要我们戴上，然而所有的人一个接一个地拒绝，我也拒绝了，微笑着直到流出眼泪，于是路易斯又把脸戴了回去，他耸耸肩，从上衣口袋里掏出一根烟，这时我在他身上看见无尽的疲倦。按专业术语来说，这属于浅睡眠和发烧造成的幻觉，很容易解释。但如果路易斯真的在登陆中被杀了，现在该由谁来戴着他的脸上山呢？我们所有人都会努力上山，但没有人戴他的脸，没有人能够或愿意接手路易斯的脸。"王储，"我半睡半醒中想着，"什么王储，早该入土了，全世界都知道。"

尽管我讲的事都发生在过去，但那些片断和时刻在记忆里如此活灵活现，以至于只能用现在时态来讲述，就像再一次仰面躺在丛林中，紧挨着荫庇

我们的树木，免得暴露在天空下。那是第三夜，那一天的黎明时分我们冒着吉普车加霰弹的攻击越过了公路。现在我们要等另一个黎明，因为我们的向导被杀，我们仍然迷路，需要找一位老乡带我们买些食物。说到买我忍不住要笑，一笑又喘不过气来。不过在这件事上跟别的事一样，谁也不会违背路易斯的命令，食物要付钱还要解释我们是什么人来干什么的。罗伯特苦着脸，在山冈废弃的茅屋里，在盘子下面留下五比索，换来我们找到的一点点食物，

味道好极了，好像丽兹饭店的佳肴，如果在那种地方真能吃得好的话。我烧得很厉害，倒是不喘了，正所谓祸福相依，但我一想起罗伯特在空屋里留下五比索时的脸色就笑得喘不过气来，心里一个劲儿骂自己。该睡上一会儿了，廷蒂站岗，小伙子们互相靠着休息。我得离得远些，因为我察觉到自己的咳嗽和胸膛的呼啸让他们厌烦。另外我做了件不该做的事，在夜里有两三次，我拿叶子编成屏障，脸伏在下面，慢慢点着烟叶，找回一点儿活着的感觉。

其实那天唯一的好事就是没有路易斯的消息，其余一团糟，我们八十个人损失了至少五六十个；哈维尔在第一批里倒下了，"秘鲁佬"被打瞎了一只眼，挣扎了三个小时，而我什么也做不了，甚至当别人视线移开的时候也没能给他补上一枪。一整天我们都在害怕某个交通员（共有三个，冒着天大的危险，在军队鼻子底下活动）会带来路易斯的死讯。其实最好是一无所知，想象他活着，还可以有所期待。我冷静地权衡了各种可能，断定他已经死了，我们都了解他，能想得出这该死的家伙会怎样挥着手枪、无遮无挡地冲过去，后面的人忙不迭地跟上。不，洛佩斯会照顾他，只有洛佩斯能骗他几回，简直像哄一个孩子，说服他去做与他当时兴致相背的事。但如果洛佩斯……着急上火没有用，无凭无据无从猜想。另外这样的安静很奇异，这样仰面朝天的安逸，仿佛天下太平，仿佛一切正在按计划进行（我几乎要说"完成"，但那样未免太傻），可能是因为发烧或者疲劳，或者是因为在日出前他们会像踩死一只蛤蟆一样把我们全干掉。但现在理应好好享受这段荒谬的片刻，放松下来去观看枝叶在夜空下映衬出的图案，夜色明净，星光寥落，眯起眼睛观看枝叶如何摇曳形成随机的图案，万千的律动，时而聚合，时而交叠，时而分开，偶尔有来自沼泽的热风吹过树冠，便会发生微妙的变化。我想着我的儿子，可他在远方，在数千公里以外，在那个国度里，人们还可以睡在床上，他的形象仿佛幻影，渐渐稀薄，随即消失在树叶间。相反莫扎特的一段《狩猎》旋律却在我心里分外清晰，一直陪伴着我，这首四重奏的起始部分，在温柔的小提琴声里蕴含着喊杀声的召唤，从蛮荒的仪式变调到冥思的明净恬适。我想着它，重复着，在记忆里哼着，同时感觉到那段旋律和夜空下树冠的图案渐渐接近，相交，反复尝试组合直到图案成为旋律的有形化身。律动从一根低垂到几乎拂到我头顶的枝条起始，再攀升到高处，化作枝茎扇面绽开，而第二小提琴是那根更纤细的枝条，交叠进来使叶子化作右方的一个音符，朝向乐句的结尾，就此收结以引导视线沿树干下降。只要愿意，还可以从头再来。这一切也正是我们的反叛，我们在做的事，尽管莫扎特和树木不会知道，我们也在用自己的方式把一场笨拙的战斗转化为秩序，赋予其意义，使之名正言顺，最终引向胜利，好像多年的狩猎号角轰鸣之后的旋律替换，最后的快板接续了柔板，仿佛一场与光芒的邂逅。路易斯一定会觉得有趣，如果他知道这个时候我把他比作莫扎特，看着他逐渐收拾这场荒唐，将其上升为他的至高准则，凭着他的确信和激情将所有暂时的谨小慎微的理由置之脑后。然而做一个以人类为音符的乐师是何等苦涩、何等绝望的工作，在泥沼、霰弹和窒息之上编写这支我们原以为不可能的歌，这歌声将与林莽的树冠，与大地的子孙，往来唱和。对，这是发烧。想想路易斯会笑成什么样呢，虽然他也喜欢莫扎特，我知道。

就这样我终将睡去，但在此之前我要问自己，有朝一日我们能否从仍然回响着的猎手的呼啸声过渡到斗争得来的圆满的柔板，再到我此刻低声哼着的最后的快板，我们能否做到与面前存活下来的一切重归于好。我们必须像路易斯，不再是跟随他，而是像他一样，不容分说地把仇恨和报复抛在身后，像路易斯一样看着敌人，有一种不容更改的宽宏大量。这些总会让我想起（但我怎么能和别人说呢？）一幅全能者圣像，一位曾充当被告和证人的法官，他不审判，只是将大地与众水分开，为的是最终诞生一个人类的家园，在一个振颤的拂晓，临近一个更洁净的时代。

　　然而现实不是柔板，随着第一缕晨光天罗地网般朝着我们再次罩了下来，我们不得不放弃继续向东北方向进发的计划，一头扎进陌生的地域，消耗完最后的弹药。"中尉"带着一名伙伴在小山丘上阻击，拖延敌人的脚步，罗伯特和我趁机架着大腿负伤的廷蒂，寻找一个更利于隐蔽的制高点好坚持到晚上。在晚上他们从不进攻，他们尽管有信号弹和电子设备，仍然觉得人数和武器弹药上的优势都不足以提供必要的安全感；但现在离晚上差不多还有一整天的时间，我们不到五个人要对付这么多勇猛的小伙子，他们逼迫我们就为了取悦那只"狒狒"，这还不算那些飞机一刻不停地往山间的空地上俯冲

扫射，打掉了无数棕榈叶。

　　半小时后"中尉"停火来和我们会合，我们这边并没走出多远。没有人会想丢下廷蒂，因为我们都太清楚等待俘虏的是什么样的命运。我们以为就在这里，在山岭这一侧的灌木丛里，我们将打光最后的子弹。但有趣的是，正规军却被空军的一个差错所误导，去攻打更东边的山丘。我们立即沿着一条地狱般的小道上山，两个小时后爬上一座几乎草木不生的山丘。一位战友发现一个荒草掩映的山洞，

我们停下来稍作喘息，并已经计划好一次直指北方
的撤退。翻山越岭，很危险，但向着北方，向着山区，
或许路易斯已经到了那里。

　　我医治昏迷的廷蒂时，"中尉"告诉我，黎明时分，
正规军开始进攻前不久，他听见自动武器和手枪的
开火声从东面传来。那可能是巴勃罗和他的人，或
者是路易斯本人。我们有理由相信我们这些幸存者
分成了三组，也许巴勃罗那组就在不远的地方。"中
尉"问我有没有必要等天黑的时候试着联络一下。

　　"你既然这么问我，就说明你想去。"我对他说。
我们已经把廷蒂安顿在一张干草铺成的床上，在洞里最干燥的地方。大家抽着烟在休息，另外两个伙伴在外面放哨。

"你猜着了，""中尉"说，兴高采烈地望着我，"我就爱这样遛达遛达，伙计。"

我们就这样待了一阵，和廷蒂开开玩笑，他已经开始呓语。"中尉"正要出发时，罗伯特带着一个山里人和烤好的半爿小羊羔进了洞。我们简直不敢相信。肉吃起来赛过龙肝凤髓，连廷蒂也嚼了一小块，不过两个小时后便和他的生命一起消失了。

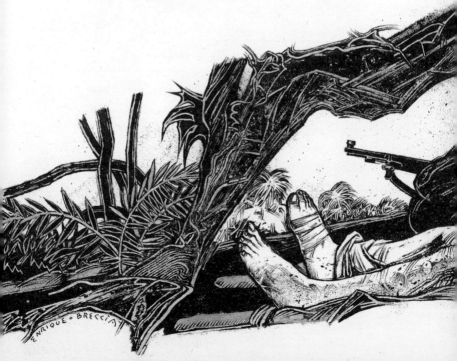

山里人给我们带来了路易斯的死讯；我们没有停下咀嚼，虽然对这点儿肉来说这消息是太过分的调味。山里人自己没看见，但他的大儿子带着一支老猎枪

加入了我们，他儿子所在的那组帮助路易斯和其他五个同伴冒着弹雨渡过一条河，他肯定路易斯几乎是刚上岸就受了伤，还没来得及进入最近的丛林。那些山里人已经上了山，他们对山路再熟悉不过，在一起的还有两个路易斯的同伴，晚上会带着多余的武器和一些弹药赶到。

"中尉"又点上一支烟，出去安排宿营，熟悉一下新来的人；我待在廷蒂身边，他的生命在缓缓消失，几乎没有痛苦。这就是说，路易斯死了。烤羊羔的味道好极了，到晚上我们就有九个或十个人了，又有了继续战斗的弹药。真是绝妙的消息。这好像一种冷漠的疯狂，一方面在人力物力上加以增援，但另一方面所有这些只是为了一把抹去未来的希望，剥夺这一荒唐行动的存在理由，以一个消息加上烤羊羔的味道宣告了它的终结。在山洞的黑暗中，我努力让烟卷燃烧的时间久些。此时此刻容不得我就这么接受路易斯的死亡，只能把它处理得好像是行动计划中的一部分。如果巴勃罗也死了，按照路易斯的意思我就要领头，这一点"中尉"和所

有人都知道，我能做的只有接过指挥权，到达山区并继续前进，仿佛什么也没发生过。我闭上眼，那个异象在记忆中再次浮现，有那么一刻我觉得路易斯摘下他的脸递给我，而我用两只手护住自己的脸，说："不，不，求求你，路易斯。"等我睁开眼的时候，"中尉"正背着身在看廷蒂，后者急促地喘着气。我听见他说刚刚有两个山里的小伙子加入了我们，好消息一个接一个，弹药和炸甘薯，一个药箱，正规军在东部的山丘中迷了路，五十米外有一眼甘泉。但他没看我的眼睛，嚼着烟叶好像在等我说点儿什么，等我首先提起路易斯。

　　之后的事好像混乱又空洞，血液离开了廷蒂，廷蒂离开了我们，山里人自告奋勇去埋葬他，我留在洞里休息，虽然里面全是呕吐物和冷汗的味道。很奇怪我忽然想起我以前一个最好的朋友，那还是在我的人生转折之前，从那以后我便离开祖国赶到几千公里之外，赶到路易斯这里，登陆到这个岛上，这个洞里。我计算着时差，想象在这个时候，星期三，他刚来到自己的诊所，把礼帽挂上，看一眼邮件。

这不是幻觉，我不由得回想起那些年中，我们在城市里的生活曾密不可分，交流政见、女人和书籍，每天在医院见面；他每一个表情我都熟悉，那不仅仅属于他，也是我当时世界的一部分，如同我自己，我的女人，我的父亲，我的报纸（少不了他夸张的品评），我中午和值班医生共进的咖啡，我的读物，我的电影和我的理想。我自问我的朋友会怎么看待这一切，看待路易斯或我，仿佛看见回答写在他的脸上（不过这是发烧造成的，应该服奎宁），一张神情自足的脸，被优渥的生活、精选的善本和所向披靡、声誉远播的手术刀所蒙蔽。他甚至不必张口对我说："我觉得你的革命不过是……"完全没必要，只能如此。这些人无法接受一种变化来揭穿他们言行背后的真实理由：那些廉价定时的慈善，有章可循人人均摊的仁爱，与同类相处的天真，沙龙里的反种族歧视，"那姑娘怎么能嫁给一个黑白混血人，切"，离不开年度分红和节庆广场彩旗飘飘的天主教信念，中间道路的文学，不外乎限量发行版加银饰马黛壶的民俗学，官吏奴才们的会议，或迟或早

无可避免的愚蠢灭亡（奎宁，奎宁，又是哮喘）。可怜的朋友，我难过地想象着他像白痴一样捍卫那些虚假的意义，正是这些将毁掉他，即便是再侥幸也会降临在他儿女一代；他捍卫封建主的所有权和不受限制的财产权，而他自己只不过拥有一家诊所和一处精心打理的房子而已；他捍卫教会的准则，而他妻子布尔乔亚式的天主教信仰却迫使他在情人们那里寻找慰籍；警察关闭了大学，查封了出版物，而他还在捍卫名义上的个人自由。他捍卫是出于恐惧，对变革的恐惧，出于怀疑主义和不信任，这些在他那可怜的失落的祖国是唯一存活的神祇。我在想这些的时候，"中尉"跑了进来，冲我大喊路易斯还活着，刚刚截住了一个与北边联系的交通员，说路易斯活得比谁都结实，已经带着五十个老乡上到了山区的高处，还把一个营的正规军堵截在洼地，缴获了所有的武器。我们像傻子似的抱在一起，说的那些话在事后很长时间里都让人又气恼又害臊，却也成了美好的回忆，因为和吃烤羊羔一样，这才是唯一有意义的、唯一重要的和不断成长的东西。

那一刻我们彼此不敢对视，只是用同一根木柴点烟，一边眼睛直直地盯着木柴，一边擦着眼泪——谁都知道烟有催泪效果。

剩下就没有太多可说的了。天刚亮，我们队伍里有一个山里人领着"中尉"和罗伯特来到巴勃罗和三个同伴待的地方，"中尉"用双臂把巴勃罗举了起来，他的双脚已经在沼泽里泡坏了。这下我们有了二十人。我记得巴勃罗以他肆无忌惮的方式一把将我抱住，跟我说话的时候嘴里也没忘叼着烟卷："只要路易斯活着，我们就能赢。"我为他的双脚打上绷带，漂亮极了，小伙子们拿他开玩笑，因为看上去活像他在试穿雪白的新鞋，说他哥哥一定会批评他这种不合时宜的奢侈。"那就让他批评好了，"他开玩笑地说，像疯子一样抽着烟，"要想批评人自己先得活着才行。伙计，你都听见了，他活着，活蹦乱跳的，活得比鳄鱼还有精神。咱们这就上山，瞧你给我打的这绷带，真奢侈……"不过好景不长，太阳一出来，子弹也铺天盖地地来了。我耳朵上挨了一枪，如果再近上那么两厘米，你呀，儿子（或

许有一天我写的这些你都会读到），老爸的这些事你就无从知晓了。鲜血、疼痛和惊吓使事物在我眼前变得立体，每一个形象都凸显于眼前，因为我的求生欲望而产生了另外的色调，不过我并无大碍，用手帕扎好继续上山，但后面倒下了两个山里人，其中一个是巴勃罗的人，脸上被一颗45式子弹打爆了。在那种时候有些让人永远忘不了的蠢事：我记得有一个胖子，估计也是巴勃罗手下的，在战斗最危急的时候，想躲到一棵树后面，他侧着身，跪在树干后，我特别记得那家伙还喊着投降吧，夹在两阵汤姆森机枪扫射之间，"中尉"一声怒吼压过了枪声："这里没人投降，妈的！"直到山里人中最年轻的一个一直腼腆得不说话的小伙子，告诉我一百米外有条盘肠小路，通往左上方。我喊着告诉"中尉"，然后开始领头，山里人都跟着我，他们在枪林弹雨中健步如飞，仿佛是种享受，让人赏心悦目。最终，我们渐渐挨近路口的木棉树，山里的小伙子在前攀爬，我们跟在后面。我喘得迈不动步，脖子上的血比砍了头的猪还要多，心里却很有把握这一天我们能逃脱。我不知道为什么，但感觉就像数学原理一样不容置疑，这天晚上我们将与路易斯会合。

你永远没法解释清楚怎样就摆脱了追兵，枪声渐渐稀落，开始还听见那些惯用的谩骂和"胆小鬼，不敢打就会跑"之类，然后突然就安静下来，树木恢复了生气变得友善，地形起伏变化，伤员需要照理，掺了些朗姆酒的军用水壶在各人嘴边传递，叹息，几声抱怨，休息和抽烟，继续前进，不停地攀爬，尽管我的肺几乎要从耳朵里蹦出来。巴勃罗对我说，喂，你给我弄了个四十二码的，可我的脚是四十三码的，老兄啊，笑声。山丘的高处，一座小茅屋里一位老乡有些带汁的木薯和清凉的水，罗伯特很固执也很自觉，掏出他的四个比索来付账，所有人，从那位老乡开始，都笑到岔气儿。中午让人昏昏欲睡，我们不得不抵制住这一诱惑，就像是放走了一位美女，还恋恋不舍地将视线停留在人家的腿上。

夜幕降临后路越发陡峭，崎岖难行，但我们一想到这是路易斯挑选来等待我们的地方，心里就美滋滋的，这种地方连鹿也爬不上去。"我们马上就会像在教堂里一样，"巴勃罗在我身边说，"没看见我们连风琴都有么？"他恶作剧似的看着我，而我正以帕萨卡利亚舞曲的节拍呼哧呼哧地喘着气，也只有他才觉得可笑。时间我记不大清楚了，入夜的时候我们经过了最后一道哨卡，鱼贯而入，亮明身份并介绍了那些山里人，最后终于来到林间空地。路易斯就在那里，倚在一棵树的树干上，自然少不了他那宽檐的帽子，嘴上叼着烟。我极力忍住留在后面，让巴勃罗先跑过去和他的兄弟拥抱，然后等着"中尉"和其他人都上前拥抱了，才把药箱和斯普林菲尔德步枪放到地上，两只手揣在兜里走近他，看着他。我知道他会跟我说什么，那是他一贯的玩笑话。

"瞧你戴的这眼镜。"路易斯说。

"你也戴着小镜片儿。"我回答。两个人都笑弯了腰，他的颌骨顶到我伤口上疼得要命，可我愿意这样疼到死。

"你还是到了，切。"路易斯说。

自然，他的"切"说得很糟糕。

"你以为呢？"我回答，也说得一样糟糕。我

们又像傻子似的笑弯了腰，好多人也莫名其妙地跟着笑。有人带来水和消息，我们围成一圈望着路易斯，到这个时候我们才注意到他消瘦得多么厉害，但他的眼睛在那见鬼的小镜片后面熠熠放光。

山下又开始打上了，但是营地暂时还很隐蔽。可以医治伤员，在泉水里洗澡，睡觉，特别是睡觉，连那么想跟他兄弟谈话的巴勃罗也睡了。然而哮喘是我的情人，她教我珍惜夜晚。我跟路易斯在一起，靠在树干上，抽着烟看着夜空映衬下树叶组成的图案，不时说起各自登陆后的遭遇，但我们更多地在谈论将来，有朝一日我们将要从步枪过渡到带电话的办公室，从山区到城市。我耳边又回响起狩猎的号角声，我几乎就要告诉路易斯那天夜里的想法，只为了博他一笑。最终我还是什么也没说，但我感觉我们正在进入四重奏中的柔板，进入尚不稳定的圆满，虽然仅持续短短几个小时，但那已是一种确认，一个我们永远不会遗忘的征兆。还会有多少狩猎的号角声等在前面，我们中间还会有多少人将尸骨无存，像罗格，像廷蒂，像"秘鲁佬"。然而只需看看树冠就能感觉到意志会再一次重整自身的混沌，赋予其柔板的图案，或许有可能进入最后的快板，达到一种名至实归的真实。当路易斯给我讲起那些国际动向、首都和外省的情形，我看着树叶和枝条渐渐屈从于我的愿望，成为我的旋律、路易斯的旋律。他继续说着，没有察觉我的胡思乱想，然后我看见在图案的中央亮起一颗星，是一颗很蓝的小星星，虽然我对天文学一窍不通，也判断不出那是颗恒星还是行星，但我确信那不是火星也不是水星。它在柔板的中心，在路易斯的话语的中心，是那样闪亮，没有人会把它与火星或水星相混淆。

· ENRIQUE · BRECCIA ·